AF253991

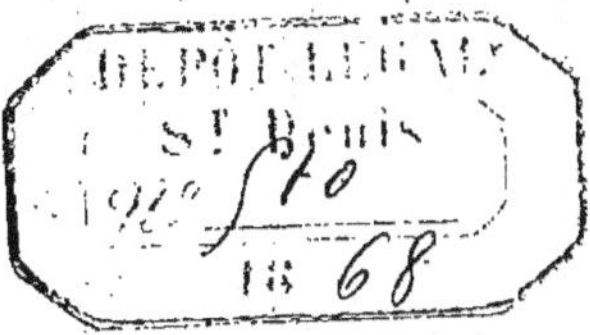

FLEURS VARIÉES

DU PARNASSE

POÉSIES FUGITIVES

Par Mᵐᵉ Vᵉ LAURENT

DÉDIÉ A M. LE CURÉ DE LEVALLOIS

CHANT RELIGIEUX

A LA VIERGE

AIR : *Partant pour la Syrie.*

Écoute bien, Marie,
A genoux devant toi,
Oh ! viens, je t'en supplie !
Descends, descends en moi.

Gracieuse Madone,
Au banquet des heureux
Ta brillante couronne {
Doit éblouir les yeux. } *bis.*

Dans les plis de ton voile
Je voudrais m'abriter,
Adorer ton étoile,
Sur ton cœur méditer !
Sainte Vierge si bonne !
Sur terre et dans les cieux,
Ta brillante couronne {
Doit éblouir les yeux. } *bis.*

Je voudrais, Sainte Vierge,
Au chemin de la Croix
T'éclairer de mon cierge,
Et entendre ta voix
Qui toujours nous pardonne.
Exauce tous nos vœux.
Ta brillante couronne {
Doit éblouir les yeux. } *bis.*

Bénis ton Eugénie,
Soutiens son doux regard,
Et prolonge sa vie,
Si modeste, sans art.
Sur ton céleste trône,
A l'éclat radieux,
Ta brillante couronne {
Doit éblouir les yeux. } *bis.*

BÉRANGER AU CIEL

SOUVENIR DE MA JEUNESSE

Air : *De ma Normandie.*

Au temps jadis les gens s'aimaient,
Trinquaient, buvaient, chantaient ensemble ;
Aux grands festins tous répétaient,
Faisaient chorus avec ensemble ;
On se quittait, on revenait,
Tous bien d'accord, l'âme joyeuse ;
Tous souriaient, tous s'embrassaient,
Et l'épouse semblait heureuse.
Bon Béranger, taris les pleurs,
Aux bons époux donne des fleurs,
Pour le bon Dieu taille ta plume,
Que ton flambeau toujours s'allume. } *bis.*

De ce bon temps, je m'en souviens,
J'étais enfant, j'étais drôlette,

Je te lisais et j'y reviens
Au souvenir de ta Lisette.
A son portrait pose des fleurs,
En ce moment, fais-lui risette ;
Sur tes œuvres coulent des pleurs,
Et le garçon rit sur l'herbette.
Bon Béranger, rassemble-nous
Sur le chemin du rendez-vous.

    Pour le bon Dieu, etc.

Esprit si fin, rêve tout haut,
Que ta muse tant enjouée,
Près des élus que ton falot
Les éclaire à ton Élysée.
Ton cœur si bon, homme de bien,
Nous répandait son divin baume,
Et tu règlais le méridien
Sur les palais et sur le chaume.
Bon Béranger, tant obligeant,
Écoute-moi, sois indulgent.

    Pour le bon Dieu, etc.

Ton courage sous les verroux
Nous émouvait, digne modèle,
Et défiant tous les courroux,
Toujours loyal, toujours fidèle,
Tu méditais, tu préparais
Ta vive et cuisante férule ;
A ton gardien tu souriais
Toujours joyeux dans ta cellule.

En agitant des chaînes les anneaux,
Tu savais railler tes bourreaux.

Pour le bon Dieu, etc.

Ne crains pas la contrefaçon,
Toi seul, toi seul, tu fais envie ;
Nul ne fera de ta façon,
Tu ranimais alors la vie.
A tes chansons, à tes grelots,
Toujours, toujours on se réveille ;
Sur les rives et sur les flots,
Encor, encor chacun s'égaie.
Bon Béranger, tous les matins,
On chantera tous tes refrains.

Pour le bon Dieu, etc.

Dis-moi, l'ami, tu vois encor
Ces souverains moulés en cire,
Bien habillés, tout couverts d'or,
Qu'on nous montrait après l'Empire ;
Assez causé, tu me comprends !
Adieu donc, âme si pure,
Serre les rangs, ami, j'attends,
Jusqu'au revoir le temps me dure.
Bon Béranger, on chantera.
Non, jamais on ne t'oublîra.

Pour le bon Dieu, etc.

ALLÉGORIE

LA FAUVETTE

Sémillante fauvette,
Au chant mélodieux,
Reine de la chambrette,
Favorite des dieux,
Écoute ma prière !
Car, si par tes accents
Tu sembles si légère,
Tes pieux sentiments,
O généreuse mère !
Font tout notre bonheur;
Écoute ma prière !

Le duvet de ton nid
Dont tu formes ta couche
Appelle le petit
Au repos ; et ta bouche
Sourit à son sommeil,

Silencieuse, inquiète,
Attentive au réveil.
On te dirait coquette,
Quand tes simples atours
Font ta riche toilette,
En nous aimant toujours.

Malgré tes soins prodigues
Au fruit de tes amours,
Sans songer aux fatigues,
Tu portes des secours
Aux petits sur les branches,
A moitié déchirés
Par les épines blanches,
Sans pain, déshérités...
Tu calmes leurs alarmes
Par tes douces bontés,
De joie coulent des larmes...

Reçois ici du cœur, Dame de Bon Secours,
Les hommages, les vœux que j'ai formés toujours,
Pour ton auguste Fils, et ta gloire et la nôtre ;
Mais, pour le protéger, reçois, avant tout autre
Mes souhaits de bonheur, en ce jour solennel,
Consacrés par ta fête ; aujourd'hui sur l'autel
S'élèvera l'encens enveloppant les anges,
Qui porteront aux cieux des pauvres les louanges,
Redites mille fois par les échos en chœur,
Pour toi, bonne Eugénie, et pour notre Empereur.

ALLÉGORIE

—

LA ROSE ET LE BOUTON

—

AIR CONNU.

Délicieux Bouton de la Rose si belle,
Balance-toi joyeux, à l'ombre de ce bois.
Oh ! que j'aime donc voir ta nuance nouvelle !
Ton parfum nous attire et plaît à tous les rois.
Sur ton beau sol béni, belle fleur idéale,
Projette sur nous tous ta lueur sidérale.
A ton sage tuteur obéis sans détours,
Chantons : Vive la fleur qu'on aimera toujours !

Laisse-nous enlacer sur ta greffe adorée
Le précieux cordon qu'on réserve pour toi,
Conserve à tout jamais ton agrafe sacrée,
Celle de l'Empereur en qui nous avons foi.
Que ce rare bijou, belle miniature,
Soit infiniment beau, tout brillant de parure
    A ton sage tuteur, etc.

Si le destin jamais écussonne ta tige,
Conserve à tout jamais les charmes de ton cœur,
Repose bien en paix sous le bras qui dirige
Les lois, les arts qui font la vie et le bonheur.
Si de loin ou de près ta lunette enchantée
Grossissait beaucoup trop la route défrayée,
    A ton sage tuteur, etc.

De ce joli Rosier, dont j'ai chanté la gloire,
Ici j'ai célébré l'éclatant Rejeton ;
Enfin, vous comprenez la séduisante histoire
Sans bruit épanouie à l'air de ma chanson.
Que la France applaudisse et chante la victoire
Du Prince glorieux, héritier de sa gloire.
    A ton sage tuteur, etc.

PETITS OISEAUX

VENEZ VOUS ABRITER SOUS MON VIEUX TOIT

AIR *à faire*.

Petits oiseaux, venez manger
Sous mon vieux toit, sur ma fenêtre,
Venez vite vous héberger
Près de moi qui vous ai vus naître.
    Humains, ne touchez pas,
    Le père voit vos pas,
    Il suffit au repas ;
Dieu créa la belle nature,
Il fit tout si bien pour le bien,
Il sème partout la pâture,   } *bis.*
Que l'oiseau doit cueillir demain. }

Revenez donc, c'est le printemps,
Formez vos nids de fraîche mousse,
Faites l'amour, c'est bien le temps,
Quand tout renaît, que le grain pousse,

La forêt reverdit,
Le nid se raffermit,
Rien ne les interdit.
A chacun Dieu toujours procure
Chaque jour le pain quotidien.

Intelligents petits oiseaux,
Si vigilants, tant intrépides,
Ombragez-vous sous les rameaux.
Avec soin enlevez,
Chargez-vous, rapportez,
Aux petits partagez.
Dieu nous dit : Laissez la glanure
Aux pauvres enfants qui n'ont rien.

Petits êtres, près des roseaux,
J'aime votre charmant ramage ;
Sifflez, chantez sous les berceaux,
Montrez votre joli plumage ;
Montrez votre talent,
Qui toujours est puissant ;
On attend votre chant.
Dieu garantit de la froidure,
Aussi veut-il qu'on soit chrétien,
Il sème en tout lieu la pâture
Que l'oiseau doit cueillir demain. } *bis.*

CANTIQUE

(IDÉE TARDIVE)

Air : *Partant pour la Syrie.*

En ce jour, jeune Prince,
Ton petit bataillon,
A Paris, en province
Hissera pavillon.
Sois notre Providence
Et marche avec transport.
Prince, vis pour la France,
Veille sur notre sort.

Dans la nef radieuse
Où voudrait t'entourer
La foule curieuse
Dans ses bras te serrer.
Nous aurons confiance
Oh! sois notre renfort !
Prince, vis pour la France,
Veille sur notre sort.

Réveille-toi, Hortense,
Fixe ton petit-fils,
Contemple son enfance
À l'ombre de tes ifs.
De ta haute puissance
Fais-nous être d'accord.
Prince, vis pour la France,
Veille sur notre sort.

Prince catéchumène,
Humble en ces lieux divins
La main de Dieu te mène
Pour sacrer tes destins.
Nous aurons souvenance,
Répétons sans effort :
Prince, vis pour la France,
Veille sur notre sort.

Alerte ! tourterelles,
Gagnez l'azur des cieux,
Emportez sous vos ailes
Le sermon précieux.
Divine Providence,
Fais-nous toucher le port.
Prince, vis pour la France,
Veille sur notre sort.

UNE NAÏVE INDISCRÉTION

Déjà ton cœur demande
Ce que c'est que l'amour...
Attends que tu sois grande
Tu le sauras un jour !
— Il me faut donc attendre,
J'ai seize ans maintenant,
Ma mère ! et le cœur tendre...
De bonne heure aujourd'hui on se dit bien savant.

— Va t'asseoir, mon enfant, au sein du presbytère,
Auprès du bon Pasteur
Tu feras ta prière
Qui calmera ton cœur,
Enfant, travaille et prie,
Tu chériras la vie
Qu'on respire en ce lieu...
L'Amour porte un bandeau, l'amour ! c'est souvent Dieu !

C'est un je ne sais quoi
Qui fait aimer sa mère.
Ce secret est en soi

D'une saveur amère,
Quand on ouvre son cœur
Sans diriger la flamme
Ni distinguer l'erreur,
Qui l'égare souvent, empoisonne notre âme.

Quand tu seras épouse,
Tu diras à l'Amour :
« Jouant sur la pelouse
Je me souviens du jour
Où je voulais apprendre
Du vague sentiment
Le mystère si tendre...
Je le sais aujourd'hui, je le vois maintenant. »

Assez, assez, ma mère,
Je sens que dans mon cœur,
L'effet de la prière
Me donne le bonheur
De t'aimer sans réserve
Et sans cesser un jour...
Que le Ciel te conserve !
En t'aimant, je sais bien ce que c'est que l'amour !

UN PROVINCIAL

Chantant le lendemain de la Fête de Levallois

AIR *à faire*.

Bons ouvriers, à l'heure,
Allez chacun à l'œuvre,
Suivez tous les progrès,
Évitez les procès.

Et vous, femmes à la mode,
Quand le temps incommode,
Pensez donc aux humains,
Donnez à pleines mains.

Oh ! quand tombe la neige !
Oui, vous que Dieu protége,
Secourez l'ouvrier,
Ne faut pas l'oublier !

Soutenez son courage,
Ne le dédaignez pas.
Soulagez son ménage,
Tirez-le d'embarras.

BIBLIOTHÈQUE … IMPR.

Visitez sa demeure,
Et sa femme qui pleure,
Ouvriers, travaillez,
Imitez, imitez.

Suivez bien le modèle
Œuvre de l'Empereur,
Tenez bien la truelle
Et redoublez d'ardeur.

Tous, bénissons la terre,
Honorons l'ouvrier
Quand il tire la pierre,
Le pauvre carrier !

Nous aurons des logis
Parfaitement commodes,
Des plans de nouveau mode,
Des maisons à bas prix.

L'IMPÉRIAL
PETIT BOUTON DE ROSE

A été imprimé chez Dupont il y a trois ans.

Petit bouton de rose si joli, laisse-moi voir le fond de ton calice ; protége en ce lieu si beau l'abeille et ses petits, qui, par de vieux souvenirs, viendront, espérant butiner, se poser légèrement sur ta resplendissante touffe ; de ta belle branche soutiens le jeune essaim ; sur ton tuteur appuie-toi bien toujours ; de ta belle greffe conserve à jamais la ligature.

Balance-toi, petite fleur à peine éclose ; reçois du ciel la rosée à l'heure de ton réveil, et sous la feuillée, ton toit tutélaire, repose doucement sur ton moelleux tapis de mousse et de fleurs ; que le léger bruit de mes pas soit pour toi l'avertissement d'un instant favorable où de mon parasol je te garantirai contre la brise.

Douce fraîcheur, petit bois, donne vie à l'arbrisseau et aux fleurettes ses compagnes. Oh ! mais qu'entends-je à travers le feuillage ? une petite voix dire tout bas :

« Qu'on me laisse sourire à ma belle France, c'est sur sa
« terre où je voudrais mourir, et c'est sous mon berceau
« dont la flèche est bénie, chers camarades, que je veux
« tous vous abriter. »

Brise embaumée, répands au loin les senteurs de ta
fleur aux sémillantes couleurs cachée sous l'ombrage
solitaire où Dieu, qui la fit naître, laissa tomber sur
elle ses bienfaisantes vapeurs, par un beau matin, où
l'étoile brille toujours et où j'ai vu, à l'aurore, s'ouvrir,
en parcourant le bois, la fleur à me ravir.

A M. NÉLATON

LE DÉLIRE RECONNAISSANT

Sur mon lit de douleur dressé par la souffrance,
Un rêve me saisit, et d'un bond je m'élance
Auprès du Souverain qui daigne consulter
Les oracles de l'art qui viennent l'entourer.
Et l'art a répondu !... La santé du grand homme
S'est raffermie enfin sous le précieux baume
Du docteur sans rival, du docteur Nélaton,
Le sauveur des héros et de Napoléon.

Réveillée en sursaut, je me sens soulagée,
Je cherche à mes côtés, et je me vois rangée
Dans un riant dortoir
Où ma douleur expire...
Quel est donc cet endroit qui semble me sourire,
Et me rend à l'espoir ?

Hélas ! c'est l'hôpital ! mais où règne un grand maître,
Qui d'un signe, à l'instant, la santé fait renaître
Au malade atterré, se croyant à la mort...
C'est Dieu qui lui permet de nous conduire au port.
Gloire à l'homme de cœur, à l'homme de science
Dont s'honore l'Europe et surtout notre France.
Sur ces austères lits, le docteur nous visite,
Il soigne pauvre et riche, et souvent nous invite
Au banquet de bouillon qu'il sait assaisonner
De mots toujours gracieux — que peut-on lui donner ?
Et comment ? — Quant à moi, pourrais-je reconnaître
Les trésors d'un tel art possédé par ce maître ?

N 'écoutant que mon cœur, je consacre en ces lieux
É clairés par les dons de ton divin génie,
L e bienfait de m'avoir fait renaître à la vie.
A toi, toujours à toi, mes plus sincères vœux ;
T a main sait redresser les membres, mon épaule ;
O n doit une autre vie à la foi qui console,
N ul ne doute de toi redressant les boiteux.

A SA MAJESTÉ L'IMPÉRATRICE

INVOCATION A LA VIERGE

Sainte Mère de Dieu, divine et chaste Vierge,
Dans ton cœur je voudrais constamment habiter,
Et pour toi chaque jour faire brûler un cierge
Sur l'autel où je vais humblement m'abriter.
Est-il rien de plus beau que ta simple demeure,
Rien qui puisse égaler le beau séjour des cieux ?
Mon âme, loin de toi, triste et pensive, pleure...
Ici-bas les mortels ne sont jamais heureux !

O Mère, ne crois pas que les biens de la terre
Aient pour nous des attraits, des charmes si puissants !
Qu'on n'y redoute pas le fléau de la guerre,
Qui détruit nos époux, fait pleurer nos enfants ;
Alors, à tes genoux nous prions d'heure en heure,
Dans l'asile de Dieu notre voix retentit...
Nous t'invoquons, Marie, et notre âme qui pleure
Rencontre ton regard qui console et bénit.

Modèle de vertus, douce et pure Madone,
Veille toujours sur nous, inspire nos enfants :
Je ceindrai ton beau front d'une blanche couronne,
Je verserai sur toi les parfums de l'encens !
Du chemin de la Croix j'aplanirai la route,
J'étancherai le sang de ton Fils mort pour nous,
Je lui tendrai mes bras, je soutiendrai la voûte
De la sainte demeure où nous prions pour tous !

AUX HABITANTS DE LA LUNE

Air *des Comédiens.*

Veuillez là-haut descendre, camarades,
A la grande coupe nous boirons tous.
Je vous promets des liqueurs, des rasades,
Des bouteilles qu'on soufflera pour vous,
Vous puiserez au bord de la Garonne,
Sur ce beau fleuve vous pirouetterez.
En trinquant avec votre cicérone
Comme le gascon vous raffinerez.

De l'eau des sources de tous les siècles,
Au déversoir nous vous attendons tous.
Il me semble d'ici voir vos yeux d'aigles.
Prenez vite jour pour le rendez-vous.
Que votre vaste et curieux Royaume
Éclaire notre grande Nation.
Sous notre plafond jamais on ne chôme,
L'homme à talent fait sa position.

Hâtez-vous donc, habitants de la lune,
Apportez-nous tous vos produits nouveaux;
Qu'ils nous fassent tous vivre sans fortune,
Ils nous rendront parfaits et tous égaux.
Faites-nous un modèle de machine

A broyer la pierre à la vapeur.
Vous soulagerez notre faible échine,
Nous vous choyerons de tout notre cœur.

Apportez-nous de vos belles semences,
De bons engrais propres à féconder.
Nous vous organiserons des agences,
Ensemble nous pourrons fraterniser.
Quittez, quittez donc soudain votre place,
De votre échelle laissez-vous glisser
On est curieux de voir votre face,
Afin de près pouvoir vous admirer.

Amis, prenez vos cliques et vos claques,
Arrivez par le chemin le plus court,
Chez nous ne faut pas craindre les attaques,
Aussi de toutes parts chacun accourt,
Nos grands faiseurs vous feront des chaussures.
Vous n'aurez pas à craindre les aspics.
Vous serez étonnés de nos coiffures,
Nous avons des époux assortis.

Vous conviendrez, et j'en suis bien certaine,
Qu'ici chez nous on vit humainement ;
Mais aussi l'on arrive à la centaine,
On marche et l'on respire librement.
J'achève devant notre réverbère
Ainsi ma lettre d'invitation.
Écoutez bien ma sincère prière
Nous vivrons tous en parfaite union.

MORT D'UN ÉLÈVE DU CONSERVATOIRE

ÉPITAPHE

Comme la fleur des champs,
Tu fus simple et modeste;
Comme elle, tu souriais au retour du printemps ;
Comme elle, tu quittas la vie
A peine à son aurore.
Dieu, heureux de te posséder,
Voulut t'admettre aux solennités de son trône;
Mais trop tôt, pour tes admirateurs,
La trompette sonna ton départ.

Pauvre enfant ! à peine tes pieds avaient touché l'herbe de la prairie, que l'aile mystérieuse t'enleva vers la céleste voûte. Espérons que Dieu et l'image de ta famille te feront aimer ton exil, et que tes prix et tes couronnes, suspendus à ta lyre, te consoleront dans l'infini.

Clichy. Imp. M. Loignon, Paul Dupont et Cie, rue du Bac-d'Asnières, 12.

www.ingramcontent.com/pod-product-compliance
Lightning Source LLC
Chambersburg PA
CBHW051409060726
47596CB00005B/2150